POÈME RELIGIEUX,

EN CINQ CHANTS,

Suivi

DE DIVERSES ÉPITRES ET D'UNE APPARITION MIRACULEUSE ;

Par Alexandre LEDUC, instituteur.

SAUMUR,

IMPRIMERIE DE A. DEGOUY.

1837.

Guidé par la raison et non par l'intérêt,
Le juste est seul vanté; le pauvre sans attrait,
Incapable en un mot de faire mon bien-être,
Est choisi dans mes vers; et moi, blessé peut-être
Par ma propre raison, je m'incline le front
Et reçois de mon cœur la sincère leçon.

…ÈME RELIGIEUX,

EN CINQ CHANTS,

Suivi

… DIVERSES ÉPITRES ET D'UNE APPARITION MIRACULEUSE ;

Par ALEXANDRE LEDUC, instituteur.

SAUMUR,

IMPRIMERIE DE A. DEGOUY.

1837.

INVOCATION.

NOBLE espoir de mon cœur, institution sainte,
Religion divine, en ton aimable enceinte
Je fixe mes regards sur ton auguste loi;
De ton auteur divin, oui, j'adore la croix;
Couverte d'espérance, en tous lieux révérée,
Permets à ma parole, à mon âme enivrée,
De vanter tes bienfaits. Le malade, en son lit,
Révère ta morale, aime ton culte, et dit:
Toi seule es mon espoir, je n'en connais point d'autre.
Cette loi c'est la mienne, et n'est-ce pas la vôtre?
Imposteurs, qui niez cet espoir naturel,
En vous il est gravé sur un marbre éternel.
Oui, toi seule, ô ma mère, ô mon bien, ô ma vie,
Sûr espoir des humains, mon âme en toi ravie
Goûte en paix le plaisir, la gloire, le bonheur;
Toi seule tu remplis le vide de mon cœur.
O mortel, reconnais ton illustre origine,
Et ne t'aveugle point sur cette loi divine;
Révère sa morale, et sois en tout parfait;
Ton bonheur sera grand, tu seras satisfait.

AVERTISSEMENT.

QUAND ma muse craintive, en accords impuissans,
Exerça pour son Dieu ses trop faibles talens,
Elle ignorait alors qu'elle fût destinée,
Dans l'avenir peut-être, au mépris, la risée.
Que les temps sont changés !... Vivant alors heureux,
Je ne prévoyais point devenir malheureux [1];
Je ne m'occupais point de mettre au jour, peut-être,
Ce qui ne paraîtra qu'un brin d'herbe champêtre,
Qui, battu par le vent, brûlé par la chaleur,
Est éclipsé sitôt qu'il paraît une fleur.
J'implore à cet effet, lecteur, ton indulgence;
Mon espoir est au Ciel et je vis d'espérance !
Je ne suis point auteur, je ne suis point savant,
De ma religion je parle simplement;
Si mon style est moqué, je n'en suis pas la cause (2),
Ce que je dis est bon, c'est pour la bonne cause.

(1) A l'époque où je composais sans ordre les vers dont l'ensemble forme cet ouvrage, j'occupais une place honorable, dont je ne dois la perte qu'a mon opinion contre une cabale outrée.

(2) Né de parens pauvres, je n'ai jamais reçu qu'une éducation commune, et je ne suis parvenu à la connaissance de la versification que par la lecture de différens poètes.

PRÉFACE.

La vanité des choses humaines, dont l'amertume suit toujours les douceurs que la mort détruit entièrement, a dirigé mon cœur vers l'Eternel, et je me suis dit :

A la religion si je ferme mon cœur,
Je ne puis espérer qu'un éternel malheur;
Tous les maux répandus sur notre courte vie
Sont trop frappans, grand Dieu! pour rassurer l'impie,
Et le présent pour lui, même tout l'avenir,
N'ont rien qui le contente et puisse l'assouvir.
Le néant est sa fin; quelle fin méprisable!
Il se croit cependant un homme respectable,
Il veut s'énorgueillir, et, dans sa vanité,
Il dit sécrètement : mon cœur est contristé,
Je n'ai point ici-bas ce que mon cœur désire.
Et le chrétien seul dit : pour le Ciel je respire,
Non, il n'est ici-bas de bonheur permanent.
Sois donc chrétien, impie, et tu seras content.

« Mondain, ta grandeur toute entière,
« S'anéantit dans le tombeau;
« L'instant où finit ta carrière
« Du juste est l'instant le plus beau;
« La paix règne sur son visage,
« Son cœur est embrasé d'amour;
« Sa vie a coulé sans nuage,
« Sa mort est le soir d'un beau jour.

POÈME RELIGIEUX,

EN CINQ CHANTS.

Content de trouver en la religion chrétienne le remède aux maux que j'éprouve, je tâche, par cinq chants abrégés sur ce sujet, de démontrer le fondement et le but de ma croyance.

CHANT PREMIER.

Toute espèce de religion étant basée sur l'existence d'un Dieu, et la religion chrétienne, à plus forte raison, tirant sa source de lui-même, a besoin que l'existence de son auteur soit bien constatée avant de prouver sa divinité. C'est aussi ce dont je me suis occupé dans ce premier chant, en prenant à témoin de cette vérité l'univers entier construit de sa main, et l'harmonie de toutes ses parties qui concourent à la même fin. Dans ce chant, je parle à l'homme en particulier, et lui annonce l'obligation où il est d'observer cette religion.

CHANT DEUXIÈME.

Ce chant devant être le dénouement de la vérité de la religion, je commence par les prophéties qui ont annoncé ce culte, ainsi que l'époque de la naissance de Jésus-Christ, son auteur, ses circonstances, celles de sa mort et de sa résurrection. Je joins l'accomplissement aux prédictions.

CHANT TROISIÈME.

Par ce chant, je fais voir que la religion chrétienne a un caractère d'antiquité véritable, de grandeur surnaturelle, et je prends à temoins de ce dernier fait les hommes les plus distingués; je renvoie ces derniers, en cas de non conviction, aux ouvrages des auteurs qui ont démontré la vérité de sa doctrine; puis, parlant aux hommes du vulgaire, laissant aux savans de persuader les savans, j'entre dans le détail de la vie, des miracles de son auteur, et termine ce chant par rapporter, à l'appui de sa divinité, les merveilles frappantes qui s'opérèrent à son dernier moment.

CHANT QUATRIÈME.

Dans cet avant-dernier chant, je fais voir, par les prophéties de Jésus-Christ touchant la nation juive, accomplies en nos jours par sa résurrection certaine et le nombre infini de savans de tous les siècles, et surtout du 17e qui l'ont illustrée par leurs talens et leur conduite, que la vérité de la religion catholique est incontestable.

CHANT CINQUIÈME ET DERNIER.

Enfin, tout culte supposant en particulier une récompense quelconque à ceux qui le professent, et le culte chrétien en promettant une éternelle, j'entretiens le lecteur, par ce dernier chant, de la majesté de l'empirée, lieu des récompenses que Dieu a préparées aux observateurs de son culte.

CHANT PREMIER.

A l'honneur du vrai Dieu je consacre ma lyre,
Que lui seul soit ma voix, qu'il m'échauffe, m'inspire;
Que l'univers entier réponde à tous mes vœux,
Que la terre le loue, et qu'adoré des cieux,
L'homme soit convaincu qu'il n'est point de puissance
Qui surpasse la sienne, et dont la ressemblance
Rivalise avec elle en sagesse, en grandeur;
Qu'il est un univers dont lui seul est l'auteur.

Quel ordre magnifique et quel céleste emblême,
L'astre brillant du jour nous offre de lui-même!
Suspendu dans les airs, le soleil bienfaisant
Eclaire les mortels par son globe brillant.
Est-ce vous, ô savans, qui dirigez sa course?
Êtes-vous parvenus à découvrir sa source?
Non; vos calculs sont vains, vain est votre savoir,
Vous ignorez encor ce qui le fait mouvoir.

C'est la lune en son cours, faible et pâle lumière,
Qui, présidant la nuit, faiblement nous éclaire,
Protège le repos, conduit le voyageur;
Pour semer, récolter, guide l'agriculteur;
Dirige le parterre, et la fleur la plus belle
Vient du plant que l'on sème au tems fixé par elle.

C'est la mer orgueilleuse en son vaste contour,
Qui procure aux marchands le bonheur, chaque jour,
A l'aide d'un bon vent, de passer dans ses isles,
En revenir chargés de leurs produits utiles,

Et d'un monde éloigné, du fond du Canada,
Couverts d'or et d'argent, en enrichir l'état;
Fait voler le pêcheur sur sa plaine profonde,
Pour enrichir ses mains du produit de son onde,
De poissons infinis, dont les mets délicats
Sont souvent préférés à nos plus nobles plats;
A la cour de nos Rois on en fait ses délices,
Et leurs variétés contentent tous caprices.

En un mot, c'est la terre avec ses agrémens,
Qui charme nos esprits, enchante tous nos sens.
Que de plantes sans fin inondent sa surface!
Ici vient l'olivier, là d'un autre est la place,
Et l'ensemble est parfait. Que de riches moissons
J'aperçois dans la plaine! Et l'ordre des saisons
Ne m'enchante pas moins. L'homme enfin est le maître,
Et l'animal sous lui craint de le méconnaître.
Que l'orgueil cependant n'enfle jamais son cœur!
S'il est maître ici-bas, il a son créateur;
Revêtu d'un esprit, doué d'intelligence,
Il est fait pour son Dieu, lui doit l'obéissance,
Et pour lui plaire en tout je t'apprendrai, lecteur,
Qu'il faut croire en son culte, en être observateur.
Ce culte, dont mes vers vont chanter la naissance
Est celui que tu dois observer dès l'enfance.

CHANT DEUXIÈME.

Un culte saint et pur est prédit aux humains,
Et du mont Sinaï Dieu voyait les chrétiens.
Muses, inspirez-moi, rangez en ma mémoire
Les hauts faits d'un tel culte et son immense gloire.

Et toi, grand Dieu, toi seul, fais prendre à mon esprit
Des prophètes les voix annonçant Jésus-Christ.
L'un dit expressément qu'au jour de sa naissance
Un gouverneur en chef seul aurait la puissance,
Et l'histoire profane a de tout temps fait foi
Que sous Octave Auguste il parut comme un roi.
Quelques mille ans avant cette époque divine,
En dépôt dans le temple était son origine.
Tout un peuple nombreux, des prophètes instruit,
Conservait, révérait ce divin manuscrit.
Le même avait encor prédit sa mort cruelle,
Sa résurrection à la vie éternelle.
Sur une croix, dit-il, on le fera mourir,
Et de son côté droit on en verra sortir,
Percé d'un coup de lance, un sang très-précieux,
Qui doit par sa puissance abolir tous les dieux[1];
Et du tombeau scellé d'une pierre très-dure,
Endroit où l'on mettra son corps en sépulture,
Il sortira puissant, le troisième jour,
Comme un roi débonnaire et tout rempli d'amour.
Pour quoi la nation, craignant d'être surprise,
Prit ses précautions, s'arma contre la crise,
Fit placer des soldats autour de son tombeau,
Et de son gouverneur assura le repos.
Un énorme rocher, roulé sur l'ouverture,
Leur assurait son corps sous sa large figure.
Vaine précaution.....! Le moment est venu;
A leurs yeux, auprès d'eux, il leur a disparu;
Tel que le trait fend l'air sans y marquer sa trace,
Du rocher il sortit et traversa la place.

[1] Dieux du Paganisme.

Ainsi du Dieu vivant la grandeur se fait voir,
Il n'est point d'élément dont il n'ait le pouvoir.

CHANT TROISIÈME.

De la religion les préceptes antiques
Faisaient, aux premiers temps, résonner les portiques,
Et le nombre infini du peuple très-chrétien
D'elle seule en ces temps faisait son entretien.
De nos jours, éloignés de sa source sacrée,
Sa doctrine, à nos yeux, serait-elle égarée?
Réfléchissez, savans, vous surtout très-instruits,
Qui connaissez les lois, gouvernez les esprits,
Et jugez si le fait d'un culte vénérable,
D'une religion à jamais comparable,
Que confirma le sang de milliers de martyrs,
Dont la constance étonne, et les maux font frémir,
Vous présente à l'esprit la preuve suffisante
Pour la croire sincère et très-intéressante.
Si vous répondez non, je vais vous demander :
Quels auteurs voulez-vous entendre la prouver?
Sans doute des savans et des hommes l'élite.
Parlez donc, ô savans, à vous seuls je les cite,
Vous êtes éclairés sur ces faits importans;
Qu'ils vous consultent tous, ils deviendront croyans!
De ses grands défenseurs, Racine, en poésie,
A défendu sa loi, combattu l'hérésie;
Mille autres, après lui, prouvent encor ces faits;
Consultez leurs travaux, vous serez satisfaits.
Mais le vulgaire heureux, à qui je veux tout dire,
Interrogé par moi, va répondre à ma lyre.
Veut-il un grand miracle et des faits surprenans?
Jérusalem répond : j'en ai de suffisans.

Je ne crains point parler, dit la ville nommée,
Pour raconter des faits qui font ma renommée.
Un homme, qu'on portait un jour hors de mon sein,
Était mort sans espoir, quand Dieu lui tend la main,
Arrête le convoi qui le portait en terre,
Et soudain à ses yeux le rend à la lumière.
D'un miracle si grand reconnaissez l'auteur,
Car en fut-il jamais sans ce Dieu bienfaiteur;
Il rend l'ouïe aux sourds, il est plein de mérite;
Le boiteux ne l'est plus sitôt qu'on le lui cite;
La lèpre disparaît; en un mot les muets
Parlent, à sa parole, et chantent ses bienfaits.
Devant moi, dans moi-même, il a fait ces prodiges,
Ces miracles frappans; j'en ai vu les vestiges.
Ainsi parle la ville au sujet de son roi.
Dûssent ses heureux sons faire observer sa loi!
C'est un Dieu tout-puissant, je l'adore, je l'aime;
Son culte est saint et sûr, il vient seul de lui-même.

Maître, législateur, il se dit être Dieu,
Il entraîne après lui douze hommes sans aveu;
Leur fortune est leurs bras, leur état est la pêche;
Leur noms sont très-communs, et pourtant rien n'empêche
Qu'il les ait tous choisis pour prêcher l'univers,
Et convertir à lui tous les peuples divers.
Voilà sa mission; prédicateur sévère,
Il prêche sa morale, elle paraît austère;
Le sénat s'en émeut, de sa mort veut parler;
Un traître se présente et promet lui livrer.
Grand Dieu, quel assassin! il part et sans attendre
Qu'on lui dise: marchez, courez, volez le prendre,
Le prix de sa victime à peine convenu,

Son maître, son sauveur, au sénat est vendu,
Et déjà par sous-main la force est commandée,
Une escorte avec lui marche, et suit son idée.
Téméraire coupable, et monstre infortuné,
Judas livre son Dieu sans en être peiné.
Déjà de ses soldats les deux yeux étincellent,
Il les regarde en face, et leurs membres chancellent;
Renversés par sa voix, ils voudraient l'égorger;
Il n'est pas tems encor; mais ils vont se venger,
Ils vont de leurs desseins accomplir la bassesse,
Et leurs cœurs endurcis en bondissent d'ivresse.
Toutefois la terreur commence à les saisir,
A sa puissante voix il leur faut obéir;
Semblable par sa force au bruit de ce tonnerre,
Quand, du mont Sinaï, Dieu parlait à la terre.
Nuit terrible, effrayante! il voit à ses côtés
Ses disciples tremblans, de crainte épouvantés;
Saint Pierre l'abandonne, et les autres ensuite
Vont chercher leur repos dans la plus prompte fuite.
Déjà le voilà seul; cependant, sans pâlir,
Il se livre aux soldats et s'attend à mourir.
Excusez ma douleur, son image cruelle
A laissé dans mon cœur une peine éternelle.
Couvert de leurs crachats, il ne dit un seul mot;
Judas de désespoir va se pendre bientôt,
Et finira l'impie, ayant vendu son maître;
Il se détruira seul, mettra fin à son être.
Mais arrivons aux lieux où doit être conduit
Le juste, l'innocent, en un mot Jésus-Christ.
Conduit seul vers Hérode, Hérode le méprise;
Reconduit chez Pilate, il voit, mais sans surprise,
Un juge impitoyable et prêt à l'accuser.

Pourquoi vous dire Dieu ? pourquoi prophétiser ?
Ce peuple m'en atteste, et repondez vous-même
Si vous êtes celui qu'on nomme Être suprême.
Et ce grand Dieu répond : Je le suis en effet.
Pouvait-il mieux répondre à ce juge inquiet ?
Pouvait-il à Pilate avoir d'autre réplique ?
Pouvait-il lui nier un fait si véridique ?
Non sans doute ; et pourquoi les Juifs, tous endurcis,
Demandent-ils sa mort, et sa mort à grands cris ?
Une invisible main conduit donc leur idée.
Cependant, sans parler, la justice étonnée
Seule suspend l'arrêt et médite en tremblant.
Pouvait-elle, à sa voix, se tenir autrement ?
C'est Pilate effrayé, n'osant frapper lui-même,
Qui consulte en esprit le Créateur suprême.[1].
Un rêve inopiné de son épouse aussi
Embarrasse son âme, et le laisse en souci.
Cependant on l'attend, cependant il est juge ;
L'embarras le suffoque, et le peuple le juge.
Qu'on le condamne à mort, disent tous les bourreaux ;
Il vient de blasphémer, il ne fait que des maux,
Nous sommes obstinés d'en faire notre fête,
De couronner son front, d'ensanglanter sa tête.
Et Pilate répond : Je le crois innocent,
Je m'en lave les mains ; mais s'il faut cependant,
Pour assouvir la soif, contenter votre envie
De détruire cet homme utile à la patrie,
Condamner Barrabas, l'opprobre des humains,

[1] Il était ordinaire aux juges de ce temps-là de ne condamner aucun malfaiteur qu'après avoir consulté en esprit l'auteur de la nature.

Qu'il soit dès ce moment mutilé par vos mains.
Non, non, dirent les Juifs, que Barrabas soit libre,
Mais que, pour Jésus-Christ, qu'en nos mains on le livre;
Si vous craignez du Ciel les moindres châtimens,
Que retombe son sang sur nous, sur nos enfans!
A ces cris menaçans, Pilate s'en effraie,
Le juste est condamné. Cependant qu'on y croie,
L'oracle s'accomplit; Jésus-Christ doit mourir,
Et les Juifs endurcis ne voudront s'attendrir.
Il meurt... Et l'univers se couvre de tristesse,
L'astre brillant du jour, tout rayonnant d'ivresse,
S'éteint et disparaît. La nature est en deuil;
Le Juif épouvanté reconnaît son orgueil.
De même, au dernier jour, les grandeurs de la terre
Perdront tout leur éclat et deviendront poussière.

CHANT QUATRIÈME.

Au sein des nations, étranger, misérable,
Portant d'un haut délit le signe ineffaçable,
Le peuple Juif errant, sans temples, sans autel,
Affermit ma croyance et prouve à tout mortel
Que Jésus-Christ est Dieu. Sa puissante parole,
Certaine en tous les tems, aux pieds du Capitole,
A convaincu le peuple, et les grands et les rois;
Même encore aujourd'hui, sans calculer les mois,
Les minutes sans fin, les jours et les années,
Le peuple Juif errant prouve ses destinées.

Mais je reviens aux faits: il s'est ressuscité.
Ayant fait plus qu'un homme, il a donc mérité
L'honneur, la gloire entière, enfin notre croyance,
Notre foi, notre amour, de nos cœurs l'espérance.

Croyons, mortels, croyons; il n'est point ici-bas
De faits mieux avérés, et l'horrible trépas
Ne changerait mon cœur. Des légions entières
Ont enduré la mort, ont rougi leurs bannières,
Plutôt que d'adhérer aux offres des Payens,
Qui voulaient abolir la race des Chrétiens.

Il est ressuscité; reprenons ce passage,
Et les soldats témoins perdirent tout courage.
Interdits, stupéfaits, ils sont très-effrayés;
Les accusera-t-on de s'être tous trompés?
Mais leur rapport est fait aux principaux des Prêtres,
Et l'arrêt est porté qui doit punir les traîtres
Qui diront autrement qu'on va leur enseigner:
Qu'étant tous endormis, ils ont vu l'enlever;
Mais, toutefois, par qui? — Par ses propres disciples.
— Et comment, tous armés, des soldats étant triples
N'auraient-ils donc rien dit à ces gens alarmés,
Qui devaient tous les craindre, en les voyant armés?
— Ils dormaient... — Et comment ont-ils vu les apôtres?
Leur méprise est grossière; ils en ont fait bien d'autres.
Il s'est ressuscité, donc il est tout-puissant;
Il s'est dit être Dieu, qu'on le croie à-présent;
Que sa religion, par son ordre établie,
Soit, par ce fait fameux, de tous mortels suivie!
Thomas, son incrédule, attend que ses deux yeux
Voient son maître vivant pour se dire être heureux.
Le maître vient à lui, lui fait toucher ses plaies;
Pour le croire existant il fallait qu'il le voie.
Tel est le fondement de ma religion;
Il est clair, il est sûr, je me range à son nom.
Les savans sont pour elle, et qui veut les connaître

Doit s'informer de ceux que la France a vu naître,
Et parcourir ensuite, en classant tous leurs noms,
Les pays étrangers avec tous leurs cantons.
Augustin en est un; ce héros en science
A défendu la foi, combattu l'ignorance;
J'ajoute Bossuet, orateur très-instruit;
Lafontaine, railleur, avait-il moins d'esprit?
Et sans peindre Pascal, dont la plume et la vie
Ont fait dans tous les tems la terreur de l'impie,
Bourdaloue et Fléchier, savans prédicateurs,
De la religion furent les défenseurs.
Le célèbre Racine, en ses exploits tragiques,
Fit du temple sacré résonner les portiques;
Et l'auteur d'Athalie, à la fin de ses jours,
Mourut en vrai chrétien et fut chrétien toujours.
Rousseau, dont le génie a produit la sagesse,
Par ses écrits sacrés inspire la jeunesse.
Nommerai-je Turenne et Condé valeureux;
Invincibles guerriers, ils l'aimaient tous les deux.
Par leurs brillans exploits, l'auguste France, en guerre,
Repoussa l'étranger et fit trembler la terre.
Le modèle du goût, Boileau, très-éclairé,
De tous ces faits divins avait l'esprit paré.
Corneille en harmonie est le dieu du tragique;
Cet homme à grands talens mourut en catholique,
Et le culte chrétien fut un fait important
Pour son esprit sensé, pour son esprit savant.
D'Aguesseau, Fénélon, ont su par leur conduite,
L'un montrer la sagesse, et l'autre le mérite;
Châteaubriand, auteur, égale les anciens,
Le plus célèbre en France, en ces jours, est des siens.
De Lamartine encor, doué d'un grand génie,

Aux pieds de ses autels, puise son harmonie.
L'élite des humains a donc fait d'elle choix.
Qu'êtes-vous, esprits fiers, qui suivez d'autres lois ?
Rangez-vous à sa suite en fixant la demeure
Préparée au chrétien, dans les cieux, à toute heure.

Aussi a dit à ce sujet un grand poète :

« S'il fallait par les voix et par l'autorité
« Juger du culte saint l'auguste vérité,
« Les hommes vertueux et les plus grands génies,
« En foule réunis, confondraient les impies. »

CHANT CINQUIÈME ET DERNIER.

De l'empire des cieux dépeignons la beauté,
Osons de son portrait peindre la majesté ;
Qu'un habile architecte en trace la sculpture,
Et qu'un peintre savant nuance la peinture ;
Jamais ils ne pourront, quel que soit leur talent,
Faire de ce séjour un portrait ressemblant.
Vaine est ma faible voix, la poésie entière
Vanterait à mes yeux l'éclat de sa lumière ;
Le peintre Raphaël nuancerait les couleurs,
Je n'en dirais pas moins d'après tous les docteurs.
Empire des heureux dont tant d'êtres jouissent,
Tes portiques brillants de leurs feux m'éblouissent;
Mon âme confondue aux traits de ta splendeur,
Rend ma lyre sans voix ; j'adore ton auteur
Et lui laisse à tracer, à dépeindre lui-même
Ta beauté, ta grandeur, ta majesté suprême.

FIN DU POÈME.

De l'origine de l'Homme et sa nature.

Le Dieu de la nature, en créant l'univers,
Voulut être connu. Retentissez, mes vers,
De la gloire de l'homme à ce moment heureux.
Dieu dit : Qu'en ma présence il descende des cieux,
Que, semblable aux esprits, il soit de moi l'image ;
Je lui donne bien mieux, le ciel pour héritage.
Soudain, pétri de boue, et fait à sa façon,
L'éternel lui donna la vie et la raison.
O raison admirable, ô divine lumière !
De l'homme, en ce bas lieu, tu fais le caractère ;
Au-dessus de la brute, il regarde les cieux,
Son port est tout divin, son front majestueux ;
Son air noble, aérien, impose à la nature.
Tout en vantant son corps, parlons de sa structure :
Les yeux en haut placés, les bras pendants en bas,
Deux piliers de soutien composent ses appas,
Et la noble harmonie, en lui-même imprégnée,
En ses accords parfaits surpasse toute idée.

Sort des Humains.

Au printemps de leurs jours, au sortir de l'enfance,
Les hommes de leur sort goûtent la connaissance.
Sort ingrat, malheureux ; ils sont faits pour mourir,
Voilà de leur destin l'horrible souvenir ;

Les soucis, les chagrins, l'amertume; les larmes,
La perte, la douleur, leur sont offerts pour charmes.
Toutefois, à vingt ans, les plaisirs et les jeux
Dissipent les chagrins de leurs cœurs orgueilleux.
L'enchanteresse amour, la bruyante jeunesse,
Font le bonheur de ceux livrés à la mollesse.
Mais tandis que l'amour occupe leurs loisirs,
Le temps avec vitesse emporte leurs plaisirs.
Cette tendre beauté, cette amante adorée,
Disparaît comme un songe et sa vie est passée.
Son teint est la pâleur, son costume un cercueil;
La terre sa maison, et l'amante est en deuil.
Le guerrier intrépide, environné de gloire,
Couverts de cent lauriers, meurt avec la victoire.
Le riche somptueux, assouvi de tout bien,
En jouit aujourd'hui pour le rendre demain.
Au faîte des honneurs sa gloire est élevée;
Glorieux un instant, et sa vie est passée.
Ce n'est cependant là que le sort d'un heureux;
Faut-il tracer ici le portrait malheureux?
De tant d'êtres humains, qui, dénués des richesses,
De satisfaction, et de douces caresses,
Errent à l'aventure en pays éloignés,
Couverts de maux infects, par la mort épargnés,
Ou qui rampant chez eux au sein de leur famille,
Attendent, quoiqu'en vain, un bonheur plus tranquille.
C'est ce qui fait frémir; aussi je vais pleurer
Sur leur sort, sur le mien, sans jamais m'arrêter.
Tel est du monde entier la misère touchante;
L'un pleure amèrement, quand l'autre boit et chante,
Et chacun à son tour, accablé de fardeaux,
Succombe enfin et meurt sous le faix de ses maux.

Ce que sont devenus tant de grands hommes? — Fatale destinée des humains sans un avenir plus heureux. — Espoir sensé de survivre à mes jours par le vide de mon cœur pour tout bien passager. — Comparaison d'un croyant à l'impie. — Pour exemple, fin tragique de Voltaire. — La religion pour espoir.

Que sont donc devenus ces hommes à talens,
Révérés parmi nous, que respecte le temps;
Ces poëtes divins, cet étonnant Racine,
Moissonnés par la mort, qu'égale Lamartine?
Tous ces grands orateurs de nos anciens connus,
Aujourd'hui remplacés, que sont-ils devenus?
Ces comiques plaisans, desquels est Lafontaine,
Ces railleurs enjoués nous laissent dans la peine;
Tous leurs noms conservés retracent leur savoir;
Leur présence n'est plus, ô Ciel! quel Désespoir!
Quel désespoir, grand Dieu! cependant, comme eux-mêmes,
Leurs rivaux d'aujourd'hui feront parler d'eux-mêmes,
Ces guerriers disparus, ces guerriers d'autrefois;
Bonaparte en son temps a fait trembler les rois,
Cependant il est mort, cet étonnant génie,
Et ses nobles exploits n'ont point sauvé sa vie.
Mais où sont nos aïeux, tous les anciens romains,
Qui nous ont tant laissé d'ouvrages de leurs mains?
O mort, cruelle mort, seraient-ils tes victimes,
Seraient-ils enfoncés dans de muets abîmes?
Hélas! j'en pleure encore, aucun n'est échappé;
Raphaël est du nombre, et n'est point remplacé.
Désespoir, ô malheur, fatale destinée,
Voilà donc le seul fruit d'une brillante année,
De quarante ans d'exploits, d'un sort très-glorieux?
Un tombeau, quelques pleurs, des regrets douloureux.

Grand Dieu ! vois de mes yeux couler de dures larmes,
Si tu n'es mon soutien, je vais rendre les armes ;
Je vais de désespoir me ranger au tombeau.
Pourquoi plus retarder ? que doit faire un vaisseau ?
Doit-il se raisonner quand pour tourner, mouvoir,
Semblable à mon esprit, il reste sans espoir ?
Non, non. Mais qu'entends-je ? mon âme en moi raisonne,
Je sens, par tout mon corps, tout mon sang qui bouillonne.
Serais-je anéanti, moi qui dépeins en vers
La nature de l'homme et tous ses maux divers ;
Moi qui parle d'autrui, qui peins sa destinée,
Serais-je anéanti ? mon âme abandonnée,
Au sortir de mon corps ne vivra-t-elle plus ?
Serait-ce en vain, grand Dieu ! qu'espèrent tes élus ?
Mais non, je sens l'espoir ranimer en mon âme
La preuve du contraire, et qu'en moi je réclame ;
Un désir aussi vif de survivre à mes jours,
Ne peut être l'effet ni de brillants discours,
Ni d'un raisonnement flatteur, opiniâtre ;
Si je vis pour mourir, c'est en vain qu'au théâtre,
Au milieu des plaisirs séduisans et flatteurs,
J'espère de mon cœur raisonner les humeurs.
C'est alors que mon cœur, dégoûté de lui-même,
Se reporte aussitôt vers son auteur suprême.
Oui je crois, oui j'espère, oui je suis assuré
Que mon âme à jamais verra l'éternité.
Dans cet espoir, ô ciel ! dans cette confiance,
Quel bonheur je ressens ! mon âme avec souffrance
Regrette ses aïeux, plaint leur funeste mort.
Mais, hélas ! comme eux tous j'attends le même sort.
Je ne les plaindrai plus ; si je verse des larmes,
Ce sera de plaisir, de soupirs et de charmes,

Mais pour vous, hommes vains, dont l'esprit étourdi
Vous fait donner un nom de vivre sans souci;
Quel Dieu vous réjouit, quel ardeur vous anime?
Si la mort en courroux vous présente l'abîme,
Que de réflexions? que de remors sans fin?
Cependant le néant, oui, vous rassure, humains;
Ce qui me désespère en vous seul vous rassure,
Votre esprit dans l'erreur a changé la nature;
Je m'éloigne de vous, et laisse à vos acteurs
A chanter votre sort, sur lui jeter des fleurs.
Car mourir sans espoir et sans aucune attente,
C'est mourir au milieu d'une rage écumante.
Voltaire est étendu sur un lit de douleur,
Voltaire se débat, excite la clameur;
Un prêtre est appelé, le mourant le désire;
On arrête ses pas, et la victime expire.
Cet homme à grands talens, ce poète brillant,
Long-temps ayant erré, veut mourir pénitent;
Mais ses jours sont comptés: des derniers l'heure sonne,
Il meurt, et je ne sais si mon Dieu lui pardonne.
Tel est, mortels fameux, votre brillante fin,
Un affreux repentir, la douleur, l'incertain.
A la religion qu'on soit plutôt fidèle,
Peut-on être content qu'en l'aimant avec zèle?
Seule elle est pour mon cœur plus que tout l'univers,
Je lui dois mon bonheur, quoique chargé de fers;
L'espoir qu'elle me donne adoucit mes misères,
Et j'adore le Dieu qu'ont invoqué mes pères.
Le Dieu, qui des humains est le plus sûr appui,
Veut que, par la douleur, le chrétien monte à lui.

L'indifférence actuelle en matière de Religion.

L'indifférence existe, et le siècle où nous sommes
Est pourtant appelé le siècle des grands hommes.
La mort a beau frapper et renverser les rois,
L'homme n'en veut pas moins méconnaître ses droits;
Il cherche à l'ignorer, à vivre en volontaire,
Il méprise le ciel et se borne à la terre.
Tout culte est, selon lui, l'ouvrage des mortels;
Il n'en distingue aucun, n'encense aucuns autels;
Inventés par l'erreur, soutenus d'âge en âge,
De sa fausse raison tel est le témoignage.
Sans vouloir discourir plus long-temps avec lui,
Je prends la liberté de parler en ami.
Tous cultes, dites-vous, ne sont que des chimères;
Ne rien croire vaut mieux, qu'enfin les plus austères
Ne servent qu'à troubler le repos des humains;
Mais ce repos, qu'est-il, incrédules chrétiens?
Qui prescrit à nos sens cette morale pure,
Cette loi que l'impie aime à se rendre obscure?
Oui, ce culte, en un mot, qui d'un chrétien mourant,
Ranime l'espérance et le rend moins souffrant;
Loi divine, grand Dieu! que tu prêchas toi-même,
Sans elle ni sans toi, le bonheur n'est suprême.
Je conviens avec vous que ces cultes d'erreurs,
Inventés par l'enfer, basés sur des fureurs,
Que prêchèrent Calvin, et Luther et tant d'autres,
Que réprouve le ciel par les voix des apôtres,
Ne sont qu'à mépriser; mais cette loi sainte,
Dont les abus, hélas! ne portent nulle attéinte
Aux dogmes rigoureux prescrits par cette loi,
Doit-elle partager le sort d'un mauvais choix!

Non, non, je dirai donc : ton culte est la lumière,
Tout mortel éclairé doit suivre sa bannière.
Je cite pour appui les vers d'un grand auteur : [1]

« Dieu punit l'injustice, il pardonne à l'erreur,
« Mais il punit aussi toute erreur volontaire.
« Mortel, ouvre les yeux quand son soleil t'éclaire. »

Ce que sont la plupart des hommes d'à-présent envers la religion. — Leur erreur réfutée par les maux qu'ils éprouvent et l'espérance du néant.

Les hommes d'à-présent, tous enflés par l'orgueil,
Ne respectent plus rien ; on les voit d'un clin d'œil
Se moquer d'un principe évident et sensible.
Quand il s'agit de Dieu, tout leur paraît risible,
Et la religion, respectée autrefois,
Dont les ordres sacrés faisaient trembler les rois,
N'est pour eux aujourd'hui que d'anciennes chimères,
Que respectaient jadis la bouche de leurs pères,
Que l'erreur enfanta, que le schisme affermit,
Et que confirma seul le nom de Jésus-Christ.
Hommes de peu de foi, vous blâmez l'évangile,
Vous vous moquez d'un Saint, et souvent votre style
Ajoute à la clameur... Vos pères, dites-vous,
N'avaient aucun esprit ; quel esprit avez-vous ?
Celui de bien penser, celui de ne rien croire ?
Nous voilà donc rendus à la fin de l'histoire ;
Le néant, votre Dieu pour vous dans l'avenir,
Vous attend tous les jours, hâtez-vous d'y courir ;
Vous voilà donc contents, rassurés et paisibles ;

[1] Voltaire, poëme de la Henriade, chant 5.

A la joie, aux plaisirs soyez dès-lors sensibles,
Enivrez tous vos sens, joignez à vos discours
L'amitié vive et tendre et le feu des amours.
Enfin vivez en rois, gouvernez-vous vous-même,
Et vous souciez peu d'un Dieu, vengeur suprême.
Cependant, répondez? Tous les bruyans plaisirs
Vous contentent-ils bien, et vos fervens désirs
Sont-ils tous accomplis? Un cœur joyeux et tendre,
Orgueilleux de lui-même et qui veut tout comprendre,
Doit-il être content (sans parler des remords
Que sa conscience excite et que dictent les morts),
D'avoir pour seul espoir, attente, incertitude,
Un tombeau, quelques pleurs, les regrets de la prude?
Lequel est plus sensé, d'espérer du Seigneur
Une gloire éternelle, un éternel bonheur,
Surtout quand sa raison s'accorde avec l'idée,
Que d'attendre au hasard sa triste destinée.

L'homme ne peut assouvir ses désirs sur la terre, quoiqu'il semble quelquefois y apercevoir un vrai bonheur. — Preuves métaphysiques et physiques de l'existence de l'âme après la mort.

J'aperçois le bonheur et je veux le goûter,
Je cours où je le vois et ne puis l'arrêter;
Semblable, dans sa fuite, à l'horizon bleuâtre,
Qui présente sa fin, et dont l'ignorant pâtre
Court en vain, pour l'atteindre, au sommet haut d'un mont;
Ainsi, pour s'assouvir, tous les insensés font.
Grand Dieu! qu'à tes desseins mon oreille attentive
Rende mon cœur soumis, que ma raison captive
N'ait d'autre appui que toi! C'est en vain que je veux
Posséder un trésor qui me rendrait heureux,

Si le destin sur moi s'oppose à mes désirs,
Et si ta volonté n'écoute mes soupirs,
Je n'obtiendrai jamais. Il n'est point sur la terre
De bonheur permanent ; le fléau de la guerre
Détruit, en un moment, et la gloire et l'honneur
D'un guerrier intrépide, expirant en vainqueur.
Il n'est point ici-bas de plaisirs sans souffrances ;
La dernière est la mort, là finit l'espérance.
L'espérance, que dis-je? au ciel tous appelés,
Nous sommes sur la terre un instant exilés.
Hélas ! déjà j'entends sourire à ces poroles,
J'entends cet orgueilleux, au sortir des écoles,
Dire naïvement : le ciel, c'est le trépas ;
Au-delà de ses jours, l'homme n'existe pas.
Incrédule insensé, tu refuses de croire
Ce principe sacré ; ton ingrate mémoire
T'a donc fait oublier les merveilles sans fin,
Que Dieu, pour le prouver, fit devant les humains,
Et, quoi qu'en dise encor la moderne science,
La mort apparaissant cimente ma croyance.
Si le moindre bon sens réside dans ton cœur,
Affreuse impiété, connais là ton erreur.
Le corps ne peut penser, c'est donc l'âme qui pense.
La raison qui s'ensuit en est la conséquence,
Et la mort, qui détruit un corps rempli d'appas,
N'a pouvoir que sur lui, sur l'âme n'en a pas.

Vanité des choses humaines. — Preuves, par ce fait, d'un avenir plus heureux.

Malheur et vanité ; je ne vois sur la terre
Que désordre, débris et le feu de la guerre.
L'un médite un larcin, l'autre un duel affreux,

Ce dernier, plus cruel, insulte à ses aïeux,
Son adversaire attend, muni de sa défense;
Celui-ci furieux, court et sur lui s'avance,
L'atteint ou le poursuit, le renverse soudain,
Ou lui-même est percé, renversé par sa main.
La bravoure, il est vrai, conduit l'homme à la gloire:
Bonaparte, au combat, volait à la victoire,
Et son bras généreux, entouré de vainqueurs,
Respirait à la fois le sang et les malheurs.
Quels revers cependant!... Ah! versons-en des larmes!
D'un million de Français, cent mille sous les armes,
Victorieux, vaincus, repassèrent le Rhin;
Leurs frères disparus avaient gonflé l'Euxin,
Et les Russes vainqueurs de sa nombreuse armée
Ternirent, pour jamais, son nom, sa renommée.
Et voilà des humains la folle vanité:
L'un construit, l'autre abat et n'est point contenté;
Le plus faible est vaincu, le plus fort est le maître;
L'un égorge son fils, l'autre vole son maître.
Ainsi de notre esprit, oui, la variété
Ressemble à ce grand bruit, quand, dans l'air emporté,
Le tonnerre en fureur bondit sur notre tête,
Et, par ses coups perçans, excite la tempête.
Dans l'avenir, au moins, espérons un repos,
C'est avec cet espoir que finissent mes maux;
Mais pour vous, esprits vains, qui mettez votre gloire
A disputer ce dogme, et refusez à croire
Ce principe sacré que doit croire un chrétien,
Connaissez, par vos maux, qu'il est un autre bien,
Un avenir pour l'homme au-delà de sa vie,
Un avenir, hélas! redoutable à l'impie.

Des prétendus plaisirs de la vie comparés à ses malheurs véritables.

Tandis que l'humaine folie,
Folâtre, se rit de la vie,
Et, dissipant tous ses chagrins,
En de coupables entretiens
Semble vouloir former son sort,
Et lui soumettre la nature,
Je n'aperçois dans sa tournure
Qu'un vain trait plaisant de la mort.
La vie, en se faisant aimer,
Imite ces flots horribles,
Et ces feux toujours terribles
De ce volcan qu'on voit fumer.
C'est pourtant de cette fumée
Qui doit disparaître au tombeau,
De cette horrible destinée
Que se repaît un fat, un sot.
C'est de ce tracas horrible,
De ce grand procès nuisible,
Même de ce deuil affreux,
Qu'un soldat court à la victoire,
En chantant quelques airs à boire,
Se croyant homme fort heureux.
Pour moi, troublé dès ma jeunesse,
Sans autre espoir, pour ma vieillesse,
Que de souffrir et de mourir,
Aux pieds de Dieu je m'abaisse;
Et, soit qu'on m'oublie ou caresse,
J'attends mon sort dans l'avenir.
Dans l'avenir, grand Dieu, ma vie
Est réservée en ton palais;
Oui, dans le ciel est ma patrie,
Pour lui je vivrai désormais;

Plus de désirs pour cette terre,
Je n'aperçois que des malheurs,
Et, loin de sa terrestre sphère
Oui j'aperçois les vraies douceurs.

Apparition Miraculeuse.

La mort, m'apparaissant, a frappé mon idée,
J'ai reconnu par là quelle est ma destinée.
Aux pieds d'un immortel le destin m'a conduit,
Je l'attendais, hélas! par la plus claire nuit.
Cet être était mon père[1], et sa seule présence
Inspirait à mon cœur l'amour, la complaisance.
Bon père, sur la terre, hélas! j'attends ton sort;
Mortel pendant ta vie, immortel à la mort.
Mais bien, dira quelqu'un, vos deux yeux à chandelle,
L'imagination, votre feu de cervelle,
Ont sans doute ébloui votre saine raison;
Un rêve a succédé, c'est ma persuasion;
Mes ayeux m'ont jadis raconté ces chimères,
Epouvantails d'enfans, contes à nos grand'mères.
Cessez donc de parler, on ne croit plus cela,
C'est bon à nos anciens, d'en faire un long ramas.
Je le croyais aussi, mais je sais le contraire;
En des faits d'un tel genre on voit plus ou moins clair.
Qui n'en croit pas a tort, tout croire est insensé;
Qu'on m'écoute en ce fait, je dis la vérité.
Quand l'auteur de mes jours vint à finir sa vie,

[1] Mort depuis 4 mois.

Et que, quittant la terre, au sein de sa patrie,
Son âme s'envola dans l'empire des cieux,
C'est quelques mois après que je formai des vœux,
Que je promis au ciel, à Dieu même, en son temple,
De servir aux chrétiens de modèle et d'exemple;
D'offrir en ce saint lieu, pour son propre repos,
Un cœur pur, innocent, et lavé de ses maux,
De recevoir en moi son bonheur, Dieu lui-même.
Quand je me reprochai ma négligence extrême,
Et qu'averti par lui, je réomis encor
Ce que j'avais promis à ce céleste corps;
Soudain il vint lui-même, et, frappé de sa trace
J'aperçus sa personne au milieu d'une place. [1]
J'arrête sa démarche et demande entretien;
Mais, ô ciel! quel fantôme! il ne me répond rien.
Je réitère encore, instamment je le prie,
Sans pouvoir le connaître, en tout je l'étudie,
Tout en lui témoignant le désir très-flatteur
De lui serrer le bras, de parler à son cœur [1].
Il me tend à l'instant ce bras que je désire;
O surprise! ô frayeur! à peine je respire,
Mon esprit aussitôt est tout glacé d'effroi;
Le fantôme léger disparaît devant moi.
C'était sa ressemblance, et j'en doutais encore,
Quand, m'avançant sur lui comme un char sur l'aurore,
Mon toucher reconnut qu'il ne touchait à rien;
Cependant mon esprit le reconnut très-bien.
Oh! mécriai-je alors, c'est donc vous, ô mon père!
Car je vous reconnais à votre ombre légère;

[1] Je le prenais pour un ami quelconque.

Cessez de m'effrayer. Précipitant mes pas,
Je courus chez ma mère et ne la quittai pas.
La lune répandait sa lueur ordinaire,
Car ce fut dans la nuit que j'aperçus mon père ;
Et quelques jours après, à différentes fois,
Je l'entendis frapper et marcher devant moi [1] ;
Mais, me hâtant enfin d'accomplir ma promesse,
Nul fantôme impo un n'a troublé ma jeunesse.
rt

A. Leduc.

[1] Ces jours-là, ayant prié deux de mes amis de m'accompagner, ils furent également témoins avec surprise (car ils étaient forts incrédules sur de semblables faits), du bruit de sa marche auprès d'eux, et de son *frappé* réitéré avec le poing à la porte de la chambre où nous étions ; un tel *frappé* me rappela, sur le moment, une messe que j'avais omis de lui faire dire, le lui ayant promis. Je lui fis cette promesse : *Vous pouvez compter, mon père, que désormais la messe que vous demandez ne sera plus oubliée* ; aussitôt l'envoyé céleste cessa de frapper, et nous laissa dans le plus grand étonnement.

Saumur, Imprimerie de A. Degouy.

www.ingramcontent.com/pod-product-compliance
Ingram Content Group UK Ltd.
Pitfield, Milton Keynes, MK11 3LW, UK
UKHW021032200726
13857UKWH00004B/1708